更好的一年

Jan
—
Mar

的一年

作者 — LuckyLuLu

> 妳今天，過得好嗎？

我越來越會與自己相處了。
傷心的時候、開心的時候，都可以仔細的感受自己的心情 ☺ 與自己對話是一件好重要又好療癒的事。

這些日子，腳步好像又更慢了一些，與人相處的方式也更細膩了一些 ♡ 有時候都認為自己好像停下來了，然後又在一些困境裡發現自己仍然一點  一點地前進著。生活本身就是一個禮物

一事無成的日子也好，充實忙碌的日子也好，
有顏色的日子也好、沒有顏色的日子也好，
一帆風順的日子也好，諸事不順的日子也好，

原諒日子偶爾有不美麗的時候，
然後每天都認真問問自己

妳今天，過得好嗎？

好事會發生，如果你願意給自己一個新的開始

複雜的事情用簡單的眼光看待，
簡單的事情用仔細的心情看待

不是因為值得才去做，
而是因為做了所以值得

心情打結的時候就去洗澡,或是睡覺

不要害怕回憶、也不要害怕念舊，
是那些過往成為了今天的你

因為不能完全掌控生活中發生的事情，
所以每天都有機會過得很精彩

哭泣是灌溉勇氣最好的方式

想被關心、想被看見、想要人陪，
有時候就是想要軟弱一天

想要更加瞭解自己，從練習表達心中的想法開始

快樂的時候再小的事情都值得慶祝，
悲傷的時候再小的事情都可以打擊我

為自己的人生訂下原則，不要總是下修自己的底線

時間總是不夠用，所以只能花在那些珍貴的人身上

寬心就是對自己最大的善良

再平凡的日子都會因為被重視而變得像個紀念日

洗澡是終結懶散的處方籤

越能夠承受負面情緒，就越自由

寂寞不是因為沒人陪伴，而是因為不被理解

無論吹熄了幾支蠟燭，都要保持著過往的單純

不斷地修正自己的腳步和方向，
成果和好運都會如期而至

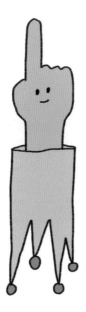

不要做出可能會讓自己後悔的決定

言語難以表達的、文字難以描述的，擁抱可以

想要放棄的時候，趕快休息。
休息多久都沒關係，總有一天又會充滿信心地奔跑起來

讓自己說出口的話成為禮物，而不是利刃

所有你忍住的怒氣和眼淚，都陪你成長了一大步

茫然不一定會使人墜落，有些迷惘讓生命更加迷人

舒適圈可以保護你

想要更加瞭解自己,試著練習梳理自己的生活,
不管是工作、休閒、還是人際關係

永遠都要有獨處的時間和空間

因為有所恐懼，所以更加強大

遇見的人、經歷的事，不管好壞，都是寶藏

有時候，「感到平靜」就是最大的幸福

心中討厭著誰的時候，感覺自己特別不可愛

每個人都有發現生活中小小驚喜的超能力

看待事物的方式決定了我們的心情，
對事情的徹底理解給予了我們改變心情的機會

漫長的旅程帶你看見更美的風景,
痛苦的過程也有可能會讓你去更好的地方

無論環境或是身邊的人怎麼變化，
都不要忘記自己要去的地方以及為什麼出發

身處黑暗的人也有面向光的能力

因為了解彼此，所以沉默也很自在

如果有了想做的事情，開始行動永遠為時不晚

當你不再依賴身邊的人，就能打從心底感到快樂

無論陰晴、無論圓缺，都堅持走在自己選擇的道路上

練習在眾多的聲音裡，認真傾聽自己的聲音

繼續堅持所有你正在做的事，
總有一天，你能自信地對自己說：「做得好。」

想說的話拖著不說、想做的事拖著不做，
久了就再也踏不出去了

獨處的時候保有自己、相處的時候擁有彼此。
愛不只是人與人之間,也是你與自己之間

很多時候是因為不想造成傷害才選擇留下遺憾的

對自己說：
「我會接住你，因為你陪伴我走過了無數次沒有盡頭的絕望。」

因為感到幸福所以想要努力；因為努力了所以更加幸福

不勞而獲其實是一種失去

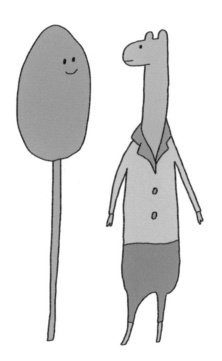

大多時候做個好人，然後有著偶爾為之的自私

抱怨世界不公平之前，
要先去看看別人默默努力的樣子

一開始抱持的熱忱和心動，要帶著他們到好久好久以後

陪伴這件事，最厲害的地方是 ——
「儘管你不在我身邊，但是我想起你的時候就感到安心」

有些日子就是要盡量悲傷、盡情流淚，
把所有軟弱都拿出來曬曬太陽

不因為是小事情所以輕易的放棄，
相反的，正因為是小事情才更要堅持

時間會幫你找回愛人的能力

等待奇蹟出現的時間，早就夠自己創造出奇蹟

想要更加瞭解自己，從練習自己做選擇、為自己的選擇負責開始

受過傷的人，更能把餘生活得正確，
無法原諒的時候，試著遺忘

看不見光的時候，讓自己成為光

總有一天會變好，那麼不是今天也沒關係

幸福的三個關鍵字：此刻、你、我

總是害怕被別人討厭的話,你會先被自己討厭的

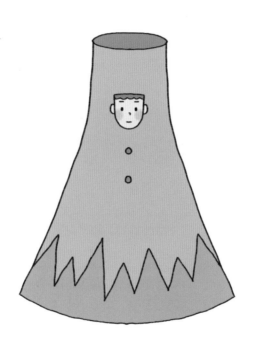

讓人撐過漫長黑夜的，都是過去某個一瞬即逝的風景，
像是你的一點點溫柔、一點點想念、一點點靠近

說謊最可怕的地方是，自己不知不覺也跟著相信了，
就這麼活進謊言之中

憤怒也好、悲傷也好，要慶幸自己是個感情豐富的人

順著自己的心，才會到達想去的地方、見到想見的人

每個人對同一件事情的解讀都不同，是一件浪漫又寂寞的事

練習承擔失敗，而不是總為失敗找藉口

為自己設下底線，就能更無畏地前進

完成目標的人不一定有出眾的能力，但一定有過人的毅力

反覆咀嚼著自己的傷心，就會有嚥下去的一天吧！

喜歡你，連你不喜歡自己的地方我都一起喜歡了

說著「我不想傷害你」的人，通常就是那個傷害你的人

想要累積自信之前，要先瞭解自己

喜歡是一種能夠讓人跨越許多挫折的心情，
喜歡的事情可以一做再做，無論做的好不好

自律和習慣是一種普通又偉大的才華

試一次沒有成功的事就再試一次，
睡一覺不能解決的事就再睡一覺

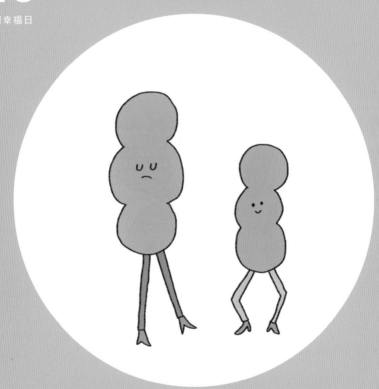

幸福並不是擁有一切，而是擁有的一切正好都是你需要的

為自己找個避風港，可以是一個人，一個地方，或是一件事情
例如我每次徬徨茫然的時候，都會看小說

有時候覺得，平靜比快樂更加重要

你已經克服那麼多困境、跨越那麼多困難，
你完全可以為自己感到驕傲

經歷一些辛苦的事，然後變成幸福的人

藝術、音樂、表演是這世界上最美妙的溝通方式

傷人的話說得再溫柔，都傷人

每日練習:在不同的場合扮演好自己的角色。
獨處的時候盡情做自己,練習掌握這之間的轉換

有些回憶永遠無法跨越，有些遺憾永遠無法釋懷，
放不下的就帶著上路吧

享受的自由越多，肩負的責任就越大

不斷努力的話，就會遇到艱難的事，
和解決這些事情的方法唷！

小小的幸福最幸福，像是一塊蛋糕、一聲問候、一抹微笑

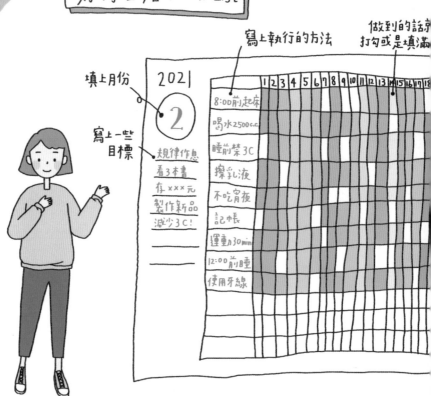

貼紙 ☺

| 24 | 25 | 26 | 27 | 28 | 29 | 30 | 31 |

還可以用在… •ﻌ•

☐ 讀書計畫 ◇
☐ 工作進度
☐ 休閒活動
☐ 進修計畫
☐ 存錢計畫

→ 填滿的話
可以給自己一
◇ 些小獎勵!
ex.
70%…一件兼低
80%…去按摩
90%…

這裡可以下載檔案
列印使用 ☺

• 經常檢視自己
• 慢慢培養好習慣

作　　者／LuckyLuLu
主　　編／林巧涵
責任企劃／謝儀方
美術設計／白馥萌

第五編輯部總監／梁芳春
董事長／趙政岷
出版者／時報文化出版企業股份有限公司
108019 台北市和平西路三段 240 號 7 樓
發行專線／（02）2306-6842
讀者服務專線／ 0800-231-705、（02）2304-7103
讀者服務傳真／（02）2304-6858
郵撥／1934-4724 時報文化出版公司
信箱／10899 臺北華江橋郵局第 99 信箱
時報悅讀網／ www.readingtimes.com.tw
電子郵件信箱／ books@readingtimes.com.tw
法律顧問／理律法律事務所 陳長文律師、李念祖律師
印刷／和楹印刷有限公司
初版一刷／ 2020 年 12 月 11 日
初版二刷／ 2020 年 12 月 29 日
定價／新台幣 500 元

時報文化出版公司成立於一九七五年，並於一九九九年股票上櫃公開發行，
於二〇〇八年脫離中時集團非屬旺中，以「尊重智慧與創意的文化事業」為信念。

更好的一年：無論陰晴圓缺，都是寶藏 /LuckyLuLu 作 . -- 初版 . -
臺北市：時報文化出版企業股份有限公司, 2020.12
ISBN 978-957-13-8472-6(平裝)　863.55　109018577